2
love hustler

Kappa Edizioni
via S. Felice 13
40122 Bologna

info@kappaedizioni.it

box

Novembre! Esattamente dieci anni fa pubblicavamo il nostro primo albo come Kappa Edizioni, presentandolo in uno stand tutto nostro al Salone del Fumetto di Lucca. E poche settimane fa siamo tornati sul luogo del misfatto per dare il via ai festeggiamenti! Chi di voi si è unito alla nostra compagnia di sceneggiatori, disegnatori e redattori, tutti presenti per dediche e disegni, avrà certamente capito che grande famiglia sia quella di Kappa. Una famiglia di cui fate parte anche voi! I festeggiamenti continuano a Bologna il 23 novembre... A pagina 171 saprete tutto, adesso è il momento delle vostre mail!

BL30-A

Sbaglio o da questa estate vi state trascinando un ritardo di un mese? Rispetto a quanto leggo su "Mega", a settembre sarebbe dovuto essere già uscito **Love Hustler**, ma siamo già ai primi di ottobre e ancora non si è visto... Mi potete aggiornare su una scaletta ufficiale, così da non continuare a stressare la mia fumetteria ogni sabato pomeriggio? Che maleducata, ero tanto presa che non mi sono neppure presentata! Mi chiamo Sara e vi seguo da tanti anni, mi diverto con voi, mi accompagnate persino in facoltà. Ho molti amici gay che leggono **Boy's love**, e anche se non si riconoscono nei protagonisti (soprattutto negli approcci sessuali, dicono) si divertono anche loro, per cui basta con le polemiche! Un errore si può anche perdonare, ma se devo ammorbarmi con le polemiche preferisco saltare a pie' pari la posta, per non parlare dei vari forum & blog su internet. Non ho altro da aggiungere, quindi saluto te, gli altri Kappa boys e tutti i lettori. **Sara**

P.S. Ho letto la tua intervista su "Scuola di Fumetto" (ho visto anche le tue foto!!!), e ho saputo che uscirà un tuo nuovo libro con Andrea Accardi, ma non mi sembra assolutamente legato al mondo di Matteo & Enrico... Quando si concluderà la storia?

*Ciao Sara, con le anticipazioni per "Mega" e "Anteprima" ci stiamo davvero perdendo la testa! Dover scrivere con oltre tre mesi di anticipo cosa pubblicheremo può rivelarsi un problema, specialmente se gli editori giapponesi impiegano più tempo del previsto per le approvazioni delle copertine. Quella per **Valzer in bianco**, per esempio, ci ha fatto rimanere fermi con le macchine da stampa per due settimane (Gotoh e Kadokawa avevano già dato l'okay, ma la Ohya sembrava davvero irrintracciabile, forse in vacanza...). Incrociando le dita, a dicembre usciremo con ben due **Boy's love** (**Bisexual** e **Brividi fuori stagione**) così da recuperare ogni ritardo.*

*Passando ai miei fumetti con Accardi, invece, dopo essere apparso in Francia per i tipi di Soleil, questo mese **Barcode** è uscito finalmente anche in Italia. Come scrive Giovanni Mattioli nel risvolto del libro, si tratta di "Una storia tragica e triste, un thriller che muove i suoi protagonisti come anguille dentro una vasca, in una Tokyo insieme antica e moderna, in un crescendo angoscioso scandito dagli ambienti claustrofobici – siano essi stazioni di polizia, sedi di multinazionali, antichi templi, lussuose dimore tradizionali – nei quali la storia si snoda con un ritmo spezzato che carica d'ansia e di malinconia il destino dei personaggi. In questo pastiche gotico orientale che mischia la Cabala con le antiche leggende giapponesi, la lotta che oppone un giovane poliziotto al cieco potere, man mano che l'incubo prende consistenza rivela la sua vera natura di lotta contro la solitudine, di disperata ricerca di felicità, contro un destino che affonda nel passato le sue sanguinanti radici". Per questa uscita, Kappa Edizioni ha deciso di affiancare a **Barcode** la promozione di **Rule of Rose**, un videogame cult in Giappone e oggi anche in Europa. Come nel nostro fumetto, il gioco si apre in un orfanotrofio, in un'atmosfera lovecraftiana di suspense e intro-*

spezione. Se vuoi sapere cosa è successo a Matteo ed Enrico – e ti eri persa il breve epilogo a Cuori in affitto *apparso su "Happy Boys" – ti consiglio di procurarti "Mondo Naif" #28, uno speciale sui dieci anni di Kappa Edizioni…*

BL30-B

Ciao Massi, sono Claudia e ho letto il tuo appello. Per stimolare le pagine della posta non servono altre polemiche, ma sani interventi critici. Perché limitarsi a qualche refuso? Parliamo delle storie, e della responsabilità di tante autrici giapponesi… Non raccontiamoci che tutti i *boy's love* sono delle pietre miliari dei manga. Ce ne sono di buoni, e altri che non mi sono piaciuti neanche un po'. Ma è normale, 'statistico', oserei dire! Ognuno ha i suoi gusti, e Massimiliano ci ha chiesto di esprimere i nostri… Lo farò, sta' tranquillo, ma prima ti chiedo quali sono i tuoi, quali *boy's love* ti sono piaciuti, quali ti hanno emozionato, quali ti hanno eccitato… Non puoi tirarti indietro: se vuoi il nostro giudizio devi darci il tuo! Il mio preferito è stato **Oasis Project** di Kazumi Ohya, forse perché è il più *shojo manga* di tutti. La storia è ben strutturata, pur essendo raccontata in un solo volume, e la coralità dei personaggi lo rende più vario di altri titoli del genere. L'avvio è bizzarro ma non troppo (un gay perseguitato dalle donne… sembra la storia del mio migliore amico, anche se nessuna si è finta incinta in risposta a un suo rifiuto), e l'adolescenza è messa bene in gioco, specialmente nel rapporto tra Naoyuki e gli altri abitanti del condominio (a cominciare dallo zio Akira). E poi mi sembra che ci sia un buon scarto sui personaggi, ognuno vive al meglio la sua età e la sua condizione sociale (nessun ragazzino reso uomo troppo presto, e nessun eterno bambino tutto vizi e promisquità). Un bel fumetto, davvero. Anche se ho pensato a lungo se parlare di **Oasis Project** o di **Voci** (brava Youka Nitta!). Ciao a tutti! **Claudia**

Ho gettato il sasso, e non intendo ritirare la mano! Grazie per il tuo commento a ***Oasis Project****, e anche per la scelta di parlare di un fumetto che hai amato piuttosto che concentrarti su quelli che non ti sono piaciuti. Devo dire che in passato ho espresso in più occasioni i miei gusti personali, premettendo che sono un ragazzo, e quindi non rappresento il target di riferimento principale per i* boy's love. *Come scriveva Sara nella sua mail, anch'io mi diverto a leggere (oltre che a dirigere) questa collana, nonostante mi capiti di immedesimarmi nella mentalità dei personaggi assai raramente. In alcuni casi, però, da sceneggiatore e 'addetto ai lavori' noto un approccio autoriale interessante. Le storie di Keiko Konno, per esempio, le giudico buone a prescindere dal genere* boy's love.
Sei una stella*, in particolare, mi è piaciuto per quello che si agita all'interno dei personaggi, per come sono mostrate le loro contraddizioni, per il loro sapersi mettere in discussione. Il fatto che Sudo e Hirokawa non siano studenti, ma giovani lavoratori, con passioni vere, mi ha fatto entrare subito nella storia. In* ***Sei una stella*** *ho letto alcuni dei più bei dialoghi di questa collana, pronunciati da due ragazzi credibili, che soppesano ogni decisione, faticando a trovare la strada per la felicità. Bello davvero!*
Chi si vuole unire alla nostra cerchia di critici propositivi? Aspetto di conoscere il vostro boy's love preferito, e di sapere il perché…

Massimiliano De Giovanni

BEST BOY'S LOVE
(i più venduti in Italia)

1 – Kizuna #1
2 – Kizuna #2
3 – Kizuna #3
4 – Kizuna #4
5 – Kizuna #5
6 – Wild Rock
7 – Che carino! #1
8 – Kizuna #6
9 – I can't stop loving you #1
10 – Kizuna #7
11 – Kizuna #8
12 – Kizuna #9
13 – You're my love prize in viewfinder
14 – Che carino! #2
15 – Immoral lovesickness
16 – Kizuna #10
17 – Un cucciolo in amore
18 – Recipe
19 – June Pride
20 – Voci
21 – Oasis Project
22 – L'equazione del professore #1
23 – I can't stop loving you #2
24 – Concrete garden
25 – L'equazione del professore #2
26 – Sei una stella
27 – Macaroni #1
28 – Macaroni #2
29 – Valzer a piedi nudi
30 – Love Hustler #1

ARRETRATI: www.hunter.it

scaffale

Per ricevere i nostri arretrati effettuate il pagamento anticipato tramite vaglia postale a **Kappa Srl**, via San Felice 13, 40122 Bologna. Specificate con scrittura chiara e leggibile il vostro nome, cognome, indirizzo e i titoli che desiderate ricevere e aggiungete all'importo totale € 3,00 per le spese di spedizione.

• Rivista Mondo Naif

dal numero 1 al numero 9 (€ 5,16 cad.)
dal numero 10 al numero 16 (€ 6,20 cad.)
dal numero 17 al numero 21 (€ 7,70 cad.)
dal numero 22 al numero 28 (€ 8,50 cad.)

• Rivista Keiko World

dal numero 1 al numero 3 (€ 6,00 cad.)

• Collana Mondo Naif

Mattioli + Toffolo, *Piera degli spiriti* (esaurito)
Mattioli + Toffolo, *Animali* (esaurito)
Vanna Vinci, *Ombre* (€ 10,33)
De Giovanni + Accardi, *Gente di notte* (€ 7,75)
La Spisa + Baldazzini, *Sweet Susy* (€ 7,75)
Otto Gabos, *I camminatori* (€ 7,75)
Davide Toffolo, *Fregoli* (esaurito)
Mattioli + Vinci, *Guarda che luna* (€ 7,75)
Giandelli + Ricci, *Anita* (esaurito)
Keiko Ichiguchi, *La vista sul cortile* (esaurito)
Mattioli + Vinci, *Una casa a Venezia* (€ 7,75)
De Giovanni + Accardi, *Pazzo di te* (€ 7,75)
Keiko Ichiguchi, *Due^2* (€ 7,75)
Javi Rodriguez, *Paraiso Punk Rock Bar* (€ 8,26)
Vanna Vinci, *Lillian Browne* (€ 8,26)
Chabouté, *Zoe* (€ 8,26)
Otto Gabos, *Loving the Alien* (€ 7,75)
Keiko Ichiguchi, *Blue* (€ 7,75)
Chabouté, *Luna piena* (€ 8,26)
Mattioli + Vinci, *L'età selvaggia* (€ 8,26)
Baru, *Gli anni Sputnik – Il rigore* (€ 13,50)
Keiko Ichiguchi, *Con gli occhi aperti* (€ 8,30)
Vanna Vinci, *Viaggio sentimentale* (€ 8,50)
Baru, *Gli anni Sputnik – Sono io il capo!* (€ 13,50)
Mattioli + Toffolo, *Piera – Tutte le storie* (esaurito)
De Giovanni + Accardi, *Cuori in affitto* (€ 8,50)
Chabouté, *Infanzia* (€ 10,50)
Baru, *Gli anni Sputnik – Bip Bip!* (€ 13,50)
Zentner + Sala, *Replay – L'inizio e la fine* (€ 14,50)
Giuseppe Palumbo, *Vorrei cantarti una canzone d'amore* (€ 10,50)
Keiko Ichiguchi, *1945* (€ 10,50)
Satta + Colaone, *Pranzo di famiglia* (€ 10,50)
Vanna Vinci, *Aida al confine* (€ 10,50)
Baru, *Gli anni Sputnik – Combornuti tutti cornuti!* (€ 13,50)
Frederik Peeters, *Pillole blu* (€ 15,00)
Chabouté, *La bestia* (€ 13,00)
Christophe Blain, *Riduttore di velocità* (€ 24,00)
Paolo Bacilieri, *Zeno Porno* (€ 16,00)
Baricordi + Liani, *Lambrusco & Cappuccino* (€ 12,00)
Vanna Vinci, *Sophia la ragazza aurea* (€ 13,00)
Frederik Peeters, *Lupus* (€ 16,00)
De Giovanni + Accardi, *Barcode* (€ 12,00)
Laura Scarpa, *Amori lontani* (€ 12,00)

• Collana Jet Lag

Ralf König, *Super Paradise* (€ 13,00)
Vanna Vinci, *La bambina filosofica* (€ 14,00)
Ralf König, *Palle di Toro* (€ 13,00)
Ralf König, *Roy & Al* (€ 12,00)
Ralf König, *Lo sposo baci la sposa* (€ 13,00)
Vanna Vinci, *La bambina filosofica #2* (€ 14,00)

• Collana Italiana

Canossa + Baldazzini, *Stella Noris* (€ 10,33)

• Collana PuntoZero

Will Eisner, *Le regole del gioco* (€ 12,40)
Will Eisner, *Il Sognatore* (€ 7,00)
Will Eisner, *La forza della vita* (€ 12,00)
C. Scott Morse, *Soulwind – I Sommi* (€ 10,50)
Will Eisner, *Gli archivi di Spirit* da 1 a 6 e 12 (€ 48,00 cad)
Will Eisner, *Vita su un altro pianeta* (€ 13,00)
Barry Windsor-Smith, *Adastra in Africa* (€ 13,50)
AAVV, *Autobiografico* (€ 12,00)

• Collana Svaghi

CSM S. linkai, *Autore di manga in un anno* da 1 a 2 (€ 13,00 cad.)
Shigeru Mizuki, *Enciclopedia dei mostri giapponesi* A-K (€ 13,50)
Shigeru Mizuki, *Enciclopedia dei mostri giapponesi* M-Z (€ 13,50)
K. Ichiguchi, *Perché i giapponesi hanno gli occhi a mandorla* (€ 12,00)
Guglielmo Signora, *Anime d'acciaio* (€ 32,00)
Deleter, *Tecniche manga* (€ 13,00)
Eisner + Miller, *Eisner/Miller – Conversazione sul fumetto* (€ 19,00)
AA.VV., *Il Giappone a colpo d'occhio* (€ 16,00)
Will Eisner, *Chiacchiere di bottega* (€ 24,00)

• Collana Altrimondi

Catacchio + Accardi, *Progenie d'Inferno* (€ 7,23)
Lewis Trondheim, *La mosca* (€ 7,75)
C. Scott Morse, *Littlegreyman* (€ 7,23)
Baricordi + Liani, *Lupin III Il violino degli Holmes* (€ 9,30)

tutto nuovo: www.kappaedizioni.it

kappa edizioni

AAVV, *Jet Lag* (€ 12,91)
Boucq, *Le avventure della Morte e di Lao-Tseu* (€ 8,26)
Onofrio Catacchio, *Stella Rossa* (€ 12,91)
Christophe Blain, *Isaac il pirata – Le Americhe* (€ 13,50)
Shinichi Hiromoto, *Violent Runner Vibrator* (€ 8,30)
Joann Sfar, *Il gatto del rabbino – Il Bar-Mitzvah* (€ 13,50)
Boucq, *Le avventure di Jerôme Moucherot – T'assicuro!* (€ 13,50)
Sfar + Blain, *Socrate il semicane – Eracle* (€ 13,50)
AAVV, *Jet Lag 2003* (€ 18,00)
Joann Sfar, *Il piccolo mondo del Golem* (€ 9,90)
Joann Sfar, *Piccolo Vampiro va a scuola* (€ 13,50)
Christophe Blain, *Isaac il pirata – I ghiacci* (€ 13,50)
Shinichi Hiromoto, *Sex Machine* da 1 a 2 (€ 8,50 cad.)
Joann Sfar, *Il gatto del rabbino – Malka dei leoni* (€ 13,50)
Shinichi Hiromoto, *Stone* 1 (€ 8,50)
Shinichi Hiromoto, *Stone* 2 (€ 9,50)
Terry Pratchett, *Guardie! Guardie!* (€ 24,00)
Joann Sfar, *Grande Vampiro – Cupido se ne frega* (€ 16,00)
Joann Sfar, *Il gatto del rabbino – L'esodo* (€ 16,00)
Joann Sfar, *Il gatto del rabbino – Il paradiso terrestre* (€ 16,00)
Shinichi Hiromoto, *Carne e Sangue* (€ 9,50)

• Collana Boy's love

Kazuma Kodaka, *Kizuna* da 1 a 2 (€ 8,26 cad.)
Kazuma Kodaka, *Kizuna* da 3 a 4 (€ 8,30 cad.)
Kazuma Kodaka, *Kizuna* da 5 a 10 (€ 8,50 cad.)
Kazusa Takashima, *Wild Rock* (€ 8,50)
Keiko Konno, *Che carino!* da 1a 2 (€ 8,50 cad.)
Row Takakura, *I can't stop loving you* da 1 a 2 (€ 8,50 cad.)
Haruka Minami, *Immoral lovesickness* (€ 8,50)
Ayano Yamane, *You're my love prize in viewfinder* (€ 8,50)
Youka Nitta, *Voci* (€ 9,50)
Kazusa Takashima, *Un cucciolo in amore* (€ 8,50)
Yuki Shimizu, *Recipe* (€ 8,50)
Gotoh + Ohya, *June Pride* (€ 8,50)
Kazumi Ohya, *Oasis Project* (€ 8,50)
Kazuma Kodaka, *L'equazione del professore* da 1a 2 (€ 8,50 cad.)
Tarako Kotobuki, *Concrete Garden* (€ 8,50)
Keiko Konno, *Sei una stella* (€ 8,50)
Ellie Mamahara, *Macaroni* da 1a 2 (€ 8,50 cad.)
Gotoh + Uhya, *Valzer a piedi nudi* (€ 8,50)
Reiichi Hiiro, *Love Hustler* da 1a 2 (€ 8,50 cad.)

• Collana Mangazine

Matsumoto + Terada, *Orange Road* da 1 a 3 (€ 9,30 cad.)
Katsura + Tomita, *Video Girl Ai* (€ 9,30)
Buronson + Hara, *Ken il guerriero* (€ 9,30)
Hagiwara + Kishima, *Bastard!!* da 1 a 2 (€ 9,30 cad.)
Hojo + Tonoike, *City Hunter* da 1 a 2 (€ 9,30 cad.)
Hojo + Takayashiki, *Cat's Eye* (€ 9,30)
Watsuki + Shisuka, *Kenshin* (€ 9,30)
Katsura + Tomita , *I''s* (€ 9,30)
Oda + Hamazaki, *One Piece* da 1 a 2 (€ 10,00 cad.)
Diana Wynne Jones, *Il castello magico di Howl* (€ 10,00)
Eiko Kadono, *Kiki consegne a domicilio* (€ 10,00)
Sachiko Kashiwaba, *Il meraviglioso paese oltre la nebbia* (€ 10,00)
Araki + Sekijima + Yamaguchi , *Le bizzarre avventure di JoJo* (€ 12,00)
Watsuki + Shisuka, *Kenshin #2* (€ 12,00)
Katsura + Hamazaki + Gotoh, *Love & Destroy* (€ 12,00)
Araki + Miyasho + Otsuka, *Golden Heart Golden Ring* (€ 12,00)
Alexander Key, *Conan il ragazzo del futuro* (€ 15,00)
Shigeo Matsueda, *Son Goku* (€ 18,00)
Diana Wynne Jones, *Il castello errante di Howl* (€ 15,00)
Diana Wynne Jones, *Il castello in aria* (€ 15,00)

• Collana Hunter

Ryou Mizuno, *Cronaca della guerra di Lodoss* da 1 a 4 (€ 9,30 cad.)
Ryou Mizuno, *Cronaca della guerra di Lodoss* da 5 a 6 (€ 12,00 cad.)

• Collana Lupin III Millennium

Baricordi + Marchesi, *Essere Lupin III* (€ 6,20)
Guglielmo Signora, *Profezie dell'altro mondo* (€ 6,20)
Giuseppe Palumbo, *Una Revolver per Jigen* (€ 6,20)
Riccardo Crosa, *La verità infranta* (€ 6,20)
De Giovanni + Accardi, *Nella camera a gas* (€ 6,20)
Semerano + Camagni, *L'esperimento di Kopeko* (€ 6,20)
De Giovanni + Colaone, *Nei panni di Zazà* (€ 6,20)
Baricordi + Hiromoto, *La maledizione degli Ishikawa* (€ 6,20)
Baricordi + Liani, *Meyer's Angels* (€ 6,20)

• Collana Manga San

Inio Asano, *What a wonderful world!* da 1 a 2 (€ 8,50 cad.)
Ebine Yamaji, *Love my life* (€ 8,50)
Daisuke Igarashi, *Witches* 1 e 2 (€ 8,50 cad.)
Moyoco Anno, *Questo non è il mio corpo* (€ 9,50)
Yumi Unita, *Guardami* (€ 8,50)
Ebine Yamaji, *Free Soul* (€ 8,50)
Toyokazu Matsunaga, *Il Castello del Drago* da 1 a 3 (€ 9,50 cad.)
Katayama + Kazui, *Gridare amore dal centro del mondo* (€ 8,50)
Mohiro Kitoh, *Il nostro gioco – Bokurano* 1 (€ 8,50)

• Fuori Collana

Baricordi + Pellicioni, *GRUM* (€ 10,33)
AAVV, *Mangazine100* (€ 7,75)
Pes + Baldazzini, *Ines la ragazza pneumatica* (€ 12,00)
Roberto Baldazzini, *Casa Howhard – Intimità* (€ 16,00)
Roberto Baldazzini, *Beba – Le 110 pompe* (€ 16,00)

Bologna

23 novembre

anniversario

Il 23 ottobre, in una suggestiva sala del Comune di Bologna, si è tenuta una speciale conferenza stampa sui dieci anni di vita della nostra casa editrice. Accanto a Massimiliano De Giovanni erano seduti l'assessore alle attività commerciali, turistiche e marketing urbano Maria Cristina Santandrea, Renato Genovese, direttore di Lucca Comics & Games e Fabrizio Lombardo, responsabile sviluppo e progettazione di Librerie.Coop. Dopo aver iniziato i festeggiamenti per il nostro anniversario a Lucca, il capoluogo emiliano dedicherà un'intera giornata ai fumetti di Kappa Edizioni, attraverso un simposio, una piccola mostra, una caccia al tesoro per le vie della città e una festa nel punto vendita Librerie.Coop del centro commerciale Officine Minganti. Che emozione…

Dieci anni sono tanti. Nel mondo del fumetto, poi, questi ultimi dieci anni sono passati come un fiume in piena, che tracima dagli argini e inonda, travolge. La geografia del fumetto è mutata, riviste e case editrici storiche hanno chiuso, giovani realtà editoriali sono nate, alcune tramontate, altre sono state accorpate da aziende più forti, e si è affacciato un ricambio generazionale per quanto riguarda gli autori. È un privilegio per noi essere qui, continuare a lavorare nel fumetto, per il fumetto, e leggere con quanto calore la stampa ci è vicina rende il tutto ancora più emozionante. L'Assessore Santandrea ci ha commosso definendoci «Un gioiello culturale e imprenditoriale della città». Con il patrocinio del Comune di

Bologna, il 23 novembre si terrà quindi un grande evento legato ai fumetti di Kappa Edizioni. «Un modo per uscire dai cliché», continua l'Assessore «che vuole la cultura dei giovani come una cultura dello sballo». Le belle parole di giornalisti come Fernando Pellerano ("La Repubblica"), Luca Baldazzi ("L'Unità"), Simone Palmeri ("QN – Il Resto del Carlino"), Irene Bisi ("Il Domani"), solo per citare qualche nome, ci danno una grande energia per continuare a rappresentare il fumetto d'autore nelle sue molteplici forme.

Nati a Bologna cresciuti a Fumetti

Kappa Edizioni

23 novembre 2006

10 anni KAPPA EDIZIONI
Una festa nella città

Ore 11.00

Incontro per i dieci anni di Kappa Edizioni nella Cappella Farnese di Palazzo D'Accursio, in Piazza Maggiore 6.
Invitati: il Sindaco della Città di Bologna Sergio Cofferati, l'Assessore al Commercio, Turismo e Marketing Urbano di Bologna Maria Cristina Santandrea, Enrico Fornaroli docente dell'Accademia di Belle Arti, Emilio Varrà dell'associazione Hamelin.
Sempre a Palazzo d'Accursio verrà inaugurata la mostra di fumetti "10 anni Kappa Edizioni".

Ore 15.00

Caccia al tesoro per le vie di Bologna sulle tracce del fumetto italiano d'autore, attraverso le pagine dei quattro romanzi a fumetti *Guarda che luna*, *Cuori in affitto*, *Lambrusco & Cappuccino* e *I Camminatori*.
Partenza da Piazza Nettuno.

Ore 18.00

Gli autori di Kappa Edizioni incontrano il pubblico per dediche e disegni presso il Centro Commerciale Officine Minganti, Via della Liberazione 15, in collaborazione con Librerie.Coop.
Intervengono: Andrea Accardi, Paolo Bacilieri, Roberto Baldazzini, Andrea Baricordi, Jacopo Camagni, Sara Colaone, Massimiliano De Giovanni, Otto Gabos, Keiko Ichiguchi, Gianmaria Liani, Giovanni Mattioli, Davide Toffolo e Vanna Vinci.

Stampato presso la tipografia del Comune di Bologna

atc Trasporti Pubblici Bologna — Officine Centro Commerciale Minganti — Comune di Bologna — librerie coop — Hunter occidentale

come si legge

giapponese

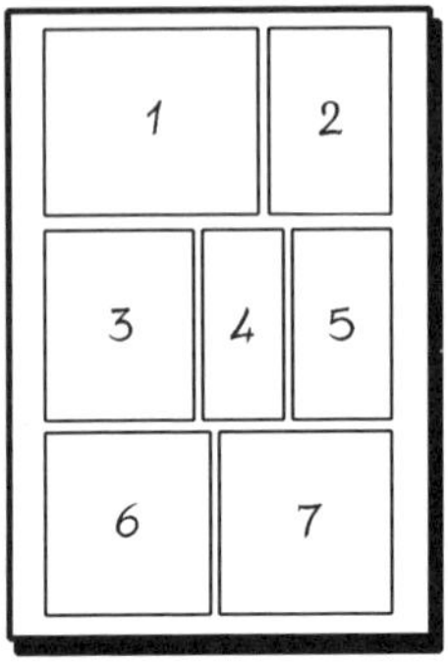

Quello che vi apprestate a leggere è un manga, ovvero un fumetto giapponese. L'unica differenza tra un fumetto occidentale e uno giapponese è che quest'ultimo si legge a rovescio. Si tratta esclusivamente di un fatto legato alla cultura e alla tradizione nipponica che è rimasto fino a oggi inalterato. Nel Paese del Sol Levante, infatti, la scrittura procede da destra verso sinistra, per cui i libri, i quotidiani e le riviste si leggono in questo senso: osservando la copertina di una pubblicazione nipponica ci si trova quindi con la rilegatura sulla destra e le pagine 'libere' a sinistra. La stessa cosa avviene per i fumetti. Il senso di lettura non è né stravolto, né incomprensibile: le vignette si leggono da destra verso sinistra, proprio come se apriste l'albo davanti a uno specchio. E quando passate alla fila inferiore di vignette, riprendete da destra a sinistra; poi di nuovo giù; e ancora da destra a sinistra. Se siete ancora indecisi, aprite davvero l'albo davanti a uno specchio e osservate lo scorrimento delle vignette come se aveste davanti un normale fumetto: capirete il meccanismo di lettura con una facilità impressionante. E quando leggete, ricordatevi che anche l'ordine dei balloon (le chiacchiere dei personaggi, insomma) va letto da destra a sinistra!

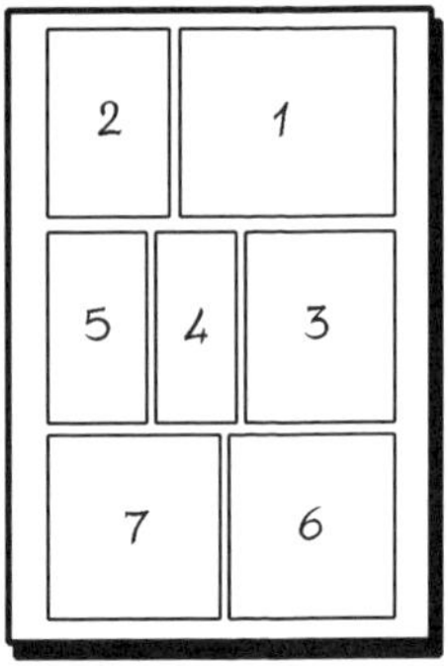

INSIEME A KO E SAKI, SULL'ISOLA DI SANTORINI, IN GRECIA, VIVE NELLA LORO DOLCE CASETTA IL PELLICANO DAMIAN. È UN MANGIONE VAGABONDO, E SPESSO VA AL MERCATO A FARSI DARE IL PESCE DALLE SIGNORE. QUANDO HA LA PANCIA VUOTA DIVENTA PETULANTE!
A OGNUNO DI QUESTI TRE UCCELLI HO DATO IL NOME DI PERSONAGGI DI FILM HORROR. IN QUESTI VOLUMI NON COMPARE, MA LA COMPAGNA DI DAMIAN È UN PELLICANO DI NOME TEIKO (CHE PAURA!)...
IO AMO MOLTO GLI UCCELLI, E MI SCUSO PER AVER MOSTRATO COSÌ TANTO I MIEI GUSTI! ♢♢ IN REALTÀ, **LOVE HUSTLER** STESSO È UNA STORIA CHE MI PIACE PARECCHIO! (RIDE)
CON QUESTI ULTIMI SALUTI, HO FINITO DI DISEGNARE **LOVE HUSTLER**. CI SONO STATE TAVOLE CHE MI HANNO RICHIESTO MOLTO TEMPO E ALTRE MENO, PERÒ MI SONO MOLTO DIVERTITA A DISEGNARLO. SONO STATA ANCHE FELICE DI AVER RICEVUTO LE VOSTRE OPINIONI IN MERITO. GRAZIE.

REIICHI HIIRO

GLI UCCELLI DI LOVE HUSTLER

SALVE A TUTTI! GRAZIE PER AVER LETTO **LOVE HUSTLER**! CON QUESTO SECONDO NUMERO **LOVE HUSTLER** SI CONCLUDE, QUINDI, VISTO CHE NON HO NIENTE DA RACCONTARVI SU QUESTO VOLUME, HO PENSATO DI PRESENTARVI GLI UCCELLI CHE COMPAIONO IN QUESTO MANGA. PRIMA DI TUTTI JASON, IL COMPAGNO DI KEI, IL PROTAGONISTA. È UN PAPPAGALLO PARLANTE. IN PRINCIPIO ERA IL PAPPAGALLO DI SAKI, MA ORA SAKI HA FREDDY, CHE È UN AMICO DI JASON. TUTT'E DUE TENGONO D'OCCHIO LE RISPETTIVE COPPIE DI FIDANZATINI A CUI APPARTENGONO!

AH! TAKA-NASHI!
ASPETTA...
MH...
HANNO COMIN-CIATO UN ALTRO ROUND...
ED ECCO CHE FINALMENTE ABBIAMO TROVATO LA DIFFERENZA TRA NAGISA E KO NEL SESSO...
ZZZ
LOOK
...LA POTENZA!
THUD
AHI!
TWINS END

CON CHI STAI PAR-LANDO, KEI?
AH! ECCO...
VUOI FINIRE COSÌ?
GRAB
AH!
NON ANCORA...

TRRRR
AH...
TRRRR
PRONTO?
KEI? COM'È ANDATA?
EHM... DUNQUE, ALL'INIZIO ABBIAMO FATTO QUESTO, POI QUELLO...
ALLA FINE MI HA MORSO DIETRO IL COLLO E HA FINITO...
TSK! COME IMMAGINAVO, SONO SIMILI ANCHE NEL MODO DI FARLO...
AH!
KEI?!

TAC
AAAAH!
IN CONTEMPORANEA

IN CONTEMPORANEA
AH... AAH!
MH... AH!
MH...
IN CONTEMPORANEA
UH...

IN CONTEMPORANEA
GWIII
BLUSH
AH!
IN CONTEMPORANEA
BLUSH
AAAAH!
POSSO, KEI?
IN CONTEMPORANEA
TI VENGO DENTRO, SAKI!

AH!
UH... MH!
IN CONTEMPORANEA
AAAAH!
KEI...
IN CONTEMPORANEA.
SAKI...
ANF
IN CONTEMPORANEA
GRAB
GRAB

SAKI!
SHA
HAI PROPRIO VOGLIA, VERO?
FLIP
AH!
MH...
FRUSH
VUOI FARLO QUI?
PORTAMI A LETTO...
AH!
GWIII
MH...
AH!

SÌ! DETTAGLI A PARTE, HANNO QUASI GLI STESSI COMPORTAMENTI!
SONO PROPRIO GEMELLI!
IL PROBLEMA VIENE ORA, KEI!
D'ORA IN POI TIENI TUTTO A MENTE, E POI CI SENTIAMO QUANDO ABBIAMO FINITO!
SHAAAA
OK?
S-SÌ!
KEI!
GRAB
AH!
IL LETTO È DA QUELLA PARTE!
OPPURE VUOI FARLO QUI?
ANDIAMO A LETTO, A LETTO!

KO!
TI VA DI...?
L'ABBIAMO FATTO IERI, PERÒ.. TI AMO!
ASPETTAMI!
DOPO CHE MI HA BACIATO È ANDATO A FARSI UNA DOCCIA...
SHAAA

BENE, ORA PROVA AD AVVICI-NARTI!
S-SÌ!
TAKA-SHI...
MH?
EHM...
TI VA...?
CHE C'È? HAI VO-GLIA?
È UN EVENTO CHE SIA TU A PREN-DERE L'INI-ZIATIVA!
ASPET-TA UN ATTI-MO!
PCIÙ

NON SO SE...
NON TI PREOCCUPARE!
COSÌ COMINCIÒ QUESTO STRANO ESPERIMENTO.
PRONTO, KEI? CHE STA FACENDO ORA NAGISA?
LEGGE UN LIBRO MENTRE BEVE UN BICCHIERE DI VINO...
IL VINO... LUI L'HA MISCHIATO CON L'ACQUA, MA IL COMPORTAMENTO È UGUALE!

STANOTTE, PROVIAMO TUTT'E DUE, ALLA STESSA ORA, A PREN-DERE L'INIZIA-TIVA!
COSA?! DOVREI PRENDERE IO L'INIZIATIVA?!
NON L'HAI MAI FATTO?
E-EC-CO...
INVITALO COME SE AVESSI TANTA VOGLIA DI FARLO!
POI, CI DIREMO VIA TELEFONINO COME SI SONO COM-PORTATI!

ANCHE SE HANNO DUE CARATTERI COSÌ DIVERSI, NELLE QUESTIONI DI TATTO SONO MOLTO SIMILI!
POI CI MORDONO ENTRAMBI SUL COLLO!
OH
!
PERÒ, PER QUANTO RIGUARDA IL SESSO, NON SAPREI DIRE...
AH!
FACCIAMO UN PICCOLO TEST?
UN TEST?

IN QUESTO CASO, POTEVA ALMENO DIRMI QUALCOSA!
PER ESEMPIO, POTEVA CHIEDERMI DI ANDARE CON LUI...
MI LASCIA SEMPRE A LETTO DA SOLO...
VUOI CONFIDARTI?
EH?! N-NO, NON VOLEVO...
COMUNQUE, SI SOMIGLIANO ANCHE IN QUESTO! ANCHE KO MI LASCIA SEMPRE SOLO!
COSA?! ANCHE KO?

AH! MI HA DI NUOVO LASCIATO A LETTO DA SOLO!
DOVE SARÀ ANDATO?! FORSE A CA-SA DI SAKI?
PROVO AD ANDARCI SUBITO...
NAGI-SA?
HA DETTO CHE ANDAVA A VEDERE LE ROVINE!
QUEST'ISO-LA È UNA MINIERA DI ANTICHI RESTI!

TUTUM
TUTUM
CHE SOGNO TERRIBI-LE!
CERTO, TAKANASHI E ORCA SI SOMI-GLIANO, MA VISTO CHE IL LORO CARATTERE È COMPLETAMENTE DIVERSO, NON È IMPOSSIBILE DISTINGUERLI...
È DA UNA SETTIMANA CHE SIAMO VENUTI QUI A SANTORINI, IN GRECIA, DOVE ORCA E SAKI VI-VONO.
ORMAI È FACILE VEDERLI INSIEME...
PER QUESTO HO FATTO QUEL SOGNO!
TAKA-NASHI?

KEI!
FRUSH
WAAAH!
ANF
ANF
U-UN SO-GNO?
ANF
ANF

DATO CHE SEI IL MIO RAGAZ-ZO, DOVRESTI CAPIRE CHI SONO, NO?
EEEH?!
QUALE SONO?!
ANCHE SE ME LO CHIEDE-TE...
...CHE NE SO IO?!

IO SONO IL VERO NAGISA! KO È LUI!
CHE IN-TENZIONI HAI, KO? TOGLIGLI QUELLA MANO DI DOSSO! KEI È IL MIO RAGAZZO!
QU...
QUAL È?!
KEI...
TUTUM
MA...

T-TA-
KANA-
SHI?!
MA
ALLORA,
QUESTO...?
QUELLO È KO!
NON FARTI
PRENDERE IN
GIRO, KEI!
EH?!
MA HAI
ANCHE IL
NEO!
SHA
MA
CERTO,
KEI!

DI COSA HAI PAURA? LASCIATI ANDARE...
AH...
TA-KA-NA...
SLAM
KEI!

KEI...
T-TA-KANA-SHI...?
EH...
AH!

TWINS
Episodio
Extra

AMORE, AVVENTURE E TANTE EMOZIONI... QUESTO È IL NOSTRO MODO DI VIVERE!
QUESTO BATTICUORE NON SI FERMERÀ PIÙ!
TREASURE.10 END

...CI DISPUTE-REMO IL TESORO!
PROPRIO QUELLO CHE VOLEVO!

IO HO IL PARTNER MIGLIORE CHE SI POSSA AVERE!
WAH!
IL MAGO NUMERO UNO AL MONDO!
TAKA-NASHI...
QUINDI, PER TESTARE CHI ABBIA IL PARTNER MIGLIORE...

LE PERSONE SANNO DELL'ESISTENZA DEI DINOSAURI DA CIRCA 180 ANNI.
QUINDI, NON È STRANO CHE I VICHINGHI PENSASSERO SI TRATTASSE DI MESSAGGERI DIVINI!
COSA NE FACCIAMO?
SE VOLETE, POTETE PRENDERLO VOI!
PERÒ, È SOLO QUESTIONE DI TEMPO PRIMA CHE ALUZE SCOPRA QUESTO POSTO!
VUOI FARTI RUBARE QUESTO TESORO DA QUELLI?
NON È IL CASO DI SOTTOVALUTARMI!

È... PARECCHIO GRANDE! POTREBBE TRATTARSI DELLO SCHELETRO DI UN TIRANNOSAURO!
SUE, IL T-REX AL MUSEO DI SCIENZE NATURALI DI FIELD, IN AMERICA, È ALTO 12,8 METRI.
QUESTO MI SEMBRA PIÙ GRANDE!
MA PER QUANTO SIA GRANDE, SI TRATTA COMUNQUE SOLO DI OSSA! QUANTO CI SI PUÒ GUADAGNARE?
SUE È STATA VALUTATA ALL'ASTA 8.360.000 DOLLARI, CIRCA UN MILIARDO DI YEN!
UN MILIARDO DI YEN?!

QUESTO FOSSILE SAREBBE IL TESORO DEI VICHIN-GHI?!

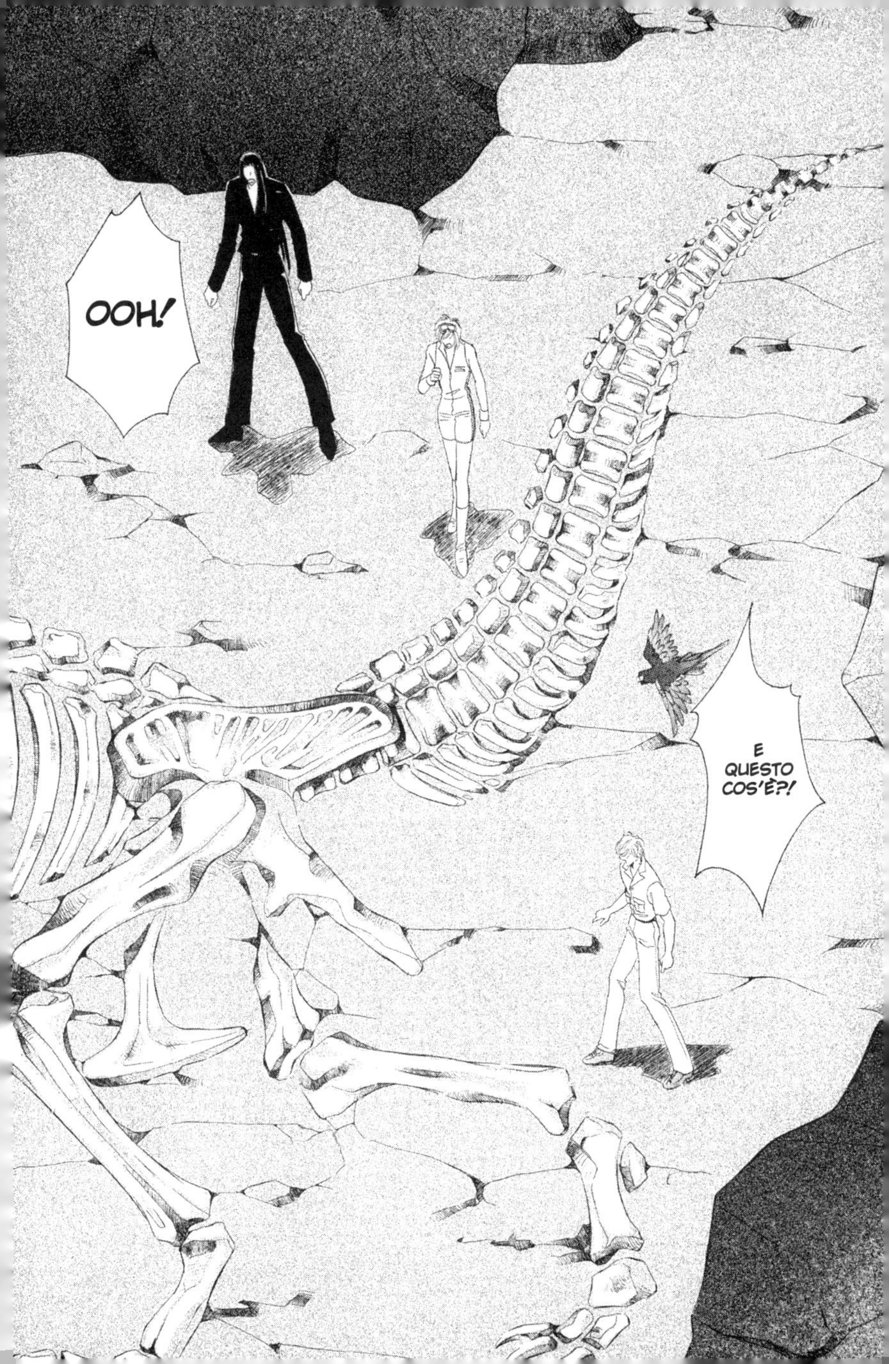
OOH!
E QUESTO COS'È?!

NIENTE, GIUSTO UN'ENORME CAVERNA...
NON CI SARÀ QUALCHE ALTRA STANZA?
GIÀ... POTREBBE ESSERCI QUALCHE PASSAGGIO SEGRETO!
NELLA MAPPA SI PARLA DEL "POSTO DOVE DORMONO GLI DEI".
FORSE NON È NECESSARIAMENTE UN TESORO...
TUC
ECCO! GUARDATE TUTTI IN BASSO!

CLICK
OOH!
CHE MECCA-NISMO!
C'È QUALCO-SA?

SE TI AVESSI DETTO LA VERITÀ, MI AVRESTI PORTATO VIA IL TESORO!
AH, ECCO!
SAREI SUO FIGLIO!
ALLORA PERCHÉ CI AVETE FATTO VENIRE SIN QUI?!
HAI DIMENTICATO IL MIO MOTTO?
IN UNA CACCIA AL TESORO, LA COSA PIÙ IMPORTANTE NON È IL TESORO STESSO, MA TROVARLO PRIMA DI CHIUNQUE ALTRO!
BENE, ARRIVIAMO AL FINALE COMMOVENTE!

PAPÀ! MAMMA!
MAMMA! PERCHÉ NON MI HAI CERCATO, ANCHE SE ERI VIVA?!
SCUSA, SCUSA!
NON ERO FERITA GRAVEMENTE, MA SIAMO STATI PRESI E SCHIAVIZZATI DAI VICHINGHI!
FORTUNATAMENTE SIAMO RIUSCITI A IMPOSSESSARCI DELLA MAPPA, MA CI ABBIAMO IMPIEGATO PIÙ DI SEI ANNI!
PERCHÉ MI HAI MENTITO DICENDO CHE LA MAMMA ERA COSTRETTA A LETTO, PAPÀ?!

DA QUANDO L'HO INCONTRATO...
...PER ME È COMINCIATO UN VIAGGIO AVVENTUROSO!
...
SECONDO LA MAPPA DOVREMMO ESSERCI, PERÒ..
SIETE ARRIVATI PRIMA DI QUANTO IMMAGINASSI!
EH?!

COSA VUOI FARE, KEI? VIENI CON ME O RIMANI QUI?
SHA
TE L'HO DETTO!
VERRÒ CON TE OVUNQUE TU VADA!
NON POSSO PIÙ FERMARMI...

HANNO TUTTE LE PIETRE E LA MAPPA...?!
OVVIAMENTE ABBIAMO SOTTOVALUTATO QUELLA COPPIA DI AVVENTURIERI!
AD ALUZE HANNO DATO UNA COPIA!
COSA FACCIAMO? ANDIAMO?
SÌ! SE VOGLIONO INCONTRARCI È SOLO PERCHÉ HANNO BISOGNO DEL NOSTRO AIUTO, PERÒ VORREI PROPRIO VEDERE DI CHE TESORO SI TRATTA!
SEMBRA CHE LA COSA TI DIVERTA MOLTO, TAKANASHI...
A QUELLI DELLA NOSTRA FAMIGLIA BOLLE IL SANGUE NELLE VENE A SENTIR PARLARE DI TESORI!

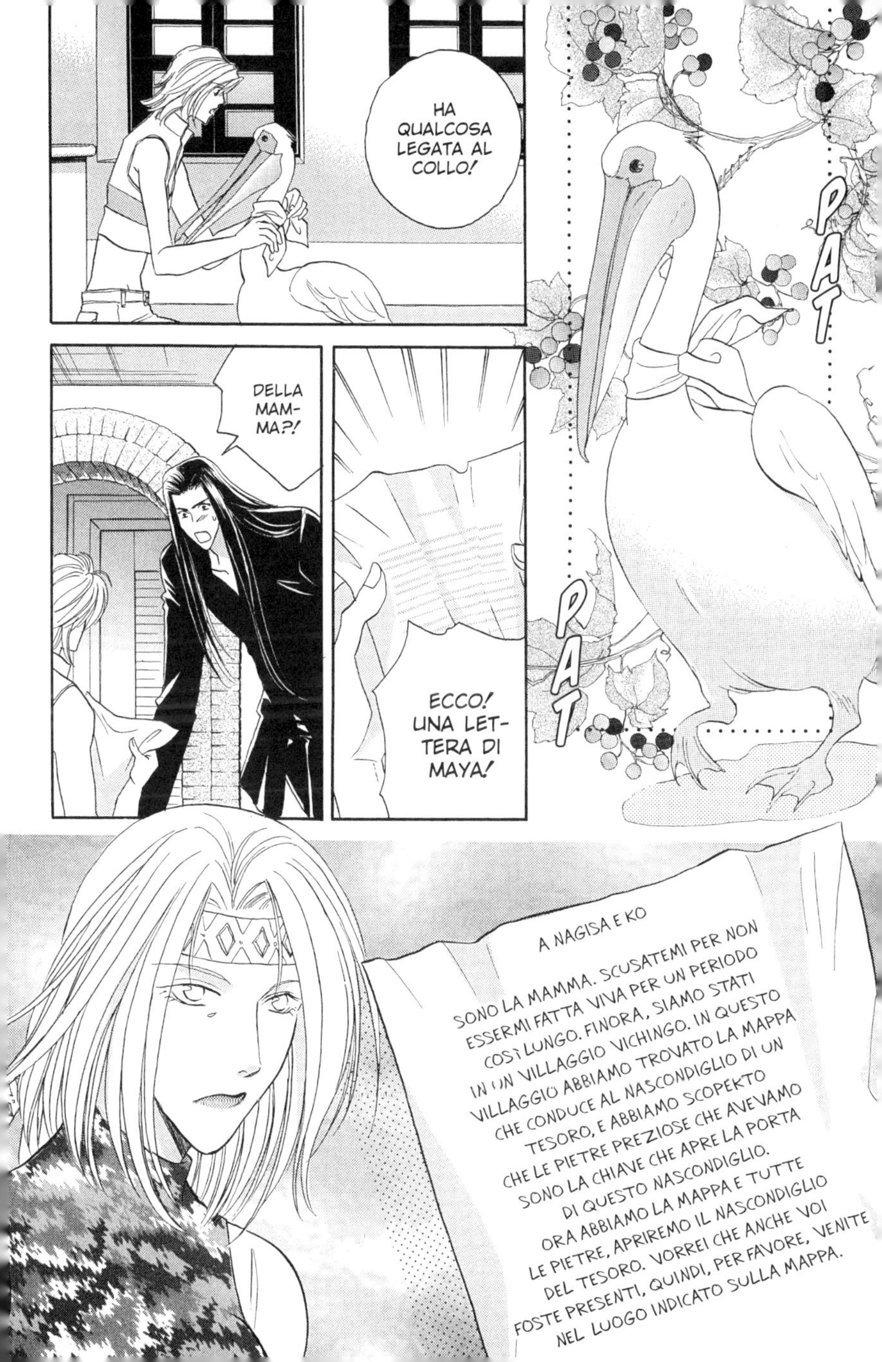
HA QUALCOSA LEGATA AL COLLO!
PAT
PAT
DELLA MAMMA?!
ECCO! UNA LETTERA DI MAYA!
A NAGISA E KO
SONO LA MAMMA. SCUSATEMI PER NON ESSERMI FATTA VIVA PER UN PERIODO COSÌ LUNGO. FINORA, SIAMO STATI IN UN VILLAGGIO VICHINGO. IN QUESTO VILLAGGIO ABBIAMO TROVATO LA MAPPA CHE CONDUCE AL NASCONDIGLIO DI UN TESORO, E ABBIAMO SCOPEKTO CHE LE PIETRE PREZIOSE CHE AVEVAMO SONO LA CHIAVE CHE APRE LA PORTA DI QUESTO NASCONDIGLIO.
ORA ABBIAMO LA MAPPA E TUTTE LE PIETRE, APRIREMO IL NASCONDIGLIO DEL TESORO. VORREI CHE ANCHE VOI FOSTE PRESENTI, QUINDI, PER FAVORE, VENITE NEL LUOGO INDICATO SULLA MAPPA.

NON CHE L'ABBIA POTUTA VEDERE CHIARAMENTE, MA DAMIAN NON ASCOLTA GLI ORDINI DI NESSUN ALTRO!
È MAYA CHE L'HA CRESCIUTO QUANDO ERA PICCOLO!
QUINDI, LE COSE STANNO DIVERSAMENTE DA QUANTO MI HA RACCONTATO PAPÀ...
SECONDO QUANTO MI AVEVA DETTO LUI, LA MAMMA ERA COSTRETTA A LETTO IN UN VILLAGGIO VICHINGO!
LA DONNA CHE HA PRESO LA PIETRA DI KO INSIEME A PAPÀ, CHE HA LA MIA...
L'ALTRA PARE CE L'ABBIA ALUZE...
LA COSA È SOSPETTA!
SOSPETTA?
GIÀ! FAREMMO MEGLIO A NON CREDERE ALLE PAROLE DI PAPÀ.
AH! DAMIAN È TORNATO!
FLAP
FLAP

DOPO CHE NAGISA E TUTTI GLI ALTRI SARANNO TORNATI...
SAKI...
KEI! NAGISA!
PER FORTUNA STAI BENE!
SEI FERITO?
MI DISPIACE, HO FATTO PREOCCUPARE PERSINO TE!
NON MOLTO, VISTO CHE TI È VENUTO A SALVARE NAGISA! SONO STATO MOLTO PIÙ TRANQUILLO CHE SE FOSSE VENUTO KO!
PIUTTOSTO, SAKI... LA DONNA SULLO YACHT CHE HA PORTATO VIA LA PIETRA ERA DAVVERO NOSTRA MADRE?

PLOP
PLOP
PLOP
LA MAMMA...
...È VIVA...
COMPLESSO DI EDIPO...
AH
SAKI! ANCHE NOI DOBBIAMO SEGUIRE QUELLO YACHT!
ASPETTA, KO! SE ANCHE ORA LA INSEGUISSIMO, SE MAYA È SU QUELLO YACHT NON RIUSCIREMO A RIPRENDERLA!
PIUTTOSTO, ASPETTIAMO IL RITORNO DI NAGISA PRIMA DI MUOVERCI!
FORSE DAMIAN TORNERÀ INDIETRO!
HO CAPITO...

TAP
[A QUANTO PARE, NON C'È PIÙ BISOGNO DI CONSEGNARVI QUESTO RISCATTO!]
TSK
[NON MI È MAI IMPORTATO DI QUELLO!]
[QUELLO CHE IO VOGLIO SONO LE TRE PIETRE DEL TESORO!]
[INSEGUITE SUBITO QUELLO YACHT!]
[SÌ!]

[CAPITANO, SIAMO NEI GUAI! UN OSTAGGIO È FUGGITO DALLA NAVE!]
[COSA?!]
AHAHAH
[NAGISA È RIUSCITO A FUGGIRE!]
[SI PUÒ SAPERE DOV'ERA L'EQUIPAGGIO DELLA NAVE?!]
[ECCO...]
[PARE CHE SPHINX CI ABBIA TRADITO...]
[COSA?!]

MAMMA!
SARÀ INSIEME A PAPÀ?
È MAYA, NON C'È DUBBIO! LE UNICHE PERSONE CUI DAMIAN DÀ RETTA SIAMO IO E LEI!

FLAP
[CO-SA?!]
[AH!]
[CHE FA QUELL'UC-CELLO?!]
[DA-MIAN?!]
[CHE CI FA QUI DAMIAN...?!]
QUELLO YACHT...

[SAPEVI TUTTO DAL PRINCIPIO...]
[È STATA VOSTRA MADRE A DIRMI CHE SIETE GEMELLI.]
[NOSTRA MADRE?! LA MAMMA È VIVA?!]
[BASTA CHIACCHIERARE! CARICHIAMO SUBITO IL RISCATTO!]
[ASPETTA...]
FLAP

[PRENDO QUESTA PIETRA!]
[CON QUESTA, LE NOSTRE TRATTATIVE SONO CHIUSE!]
[CREDI DI POTER FARE QUELLO CHE TI PARE?! RESTITUISCIMELA! QUELLO È UN RICORDO DI MIA MADRE!]
[BE', PRIMA DI TUTTO È UN OGGETTO CHE APPARTIENE A NOI VICHINGHI!]
[A QUEST'ORA, I MIEI COMPAGNI STARANNO RIPRENDENDOSI L'ALTRA PIETRA DA TUO FRATELLO.]
CO...?!

[PORTATE SU QUESTA NAVE METÀ RISCATTO E VI RESTITUIRÒ SUBITO UN OSTAGGIO.]
[UNA VOLTA CHE VI SARETE ACCERTATI DELLE BUONE CONDIZIONI DELL'OSTAGGIO, PORTERE-TE QUI L'ALTRA METÀ DEL RISCATTO E, NELLO STES-SO TEMPO, VI RESTITUIRÒ L'ALTRO OSTAGGIO.]
[VI STA BENE?]
DAN
[COSA?!]
EH EH
GRAB

SONO PROPRIO DEGLI STUPIDI!
GIGGLE
È VERO!
ANDIAMO!
SÌ!
CRAA!
SUL-LA DI-SCO-VE-RY...
ALLORA FACCIAMO COSÌ!

[VOI CHI
SIETE?!]
TAP
AH

TAKA-NASHI!
ERO SICURO CHE SARESTI VENUTO A SALVARMI!
QUESTA È UNA TUA MAGIA!

SE MI CHIAMI, IO CORRO SUBITO DA TE!
CI SONO FORSE ALTRI MAGHI CAPACI DI UNA COSA DEL GENERE?
TAKANASHI...

MI FA SORRIDERE PENSARE...
...A QUELLO CHE HAI DETTO!
"SPOSTA UN ESSERE UMANO IN UN MOMENTO, COME NULLA FOSSE..."
RARAMENTE FACCIO MAGIE COSÌ ECLATANTI!
NO! SONO SICURO CHE TU SIA IL PIÙ GRANDE MAGO AL MONDO!
OVUNQUE TU SIA...
...CI SONO PERICOLI IN AGGUATO!

ASPETTA, TAKA-NASHI!
FOX È ANCORA PRIGIO-NIERO! DOBBIAMO ANDARE A SALVARLO!
NON TI PREOCCUPARE PER FOX, ANDRÀ SANADA A SAL-VARLO! NOI TOR-NIAMO SUBITO AL SOTTOMARINO!
IL CAPO-CUOCO? GIÀ...
GIGGLE
CHE C'È?
GIGGLE

IO RIMARRÒ SU QUESTA NAVE ANCORA PER UN PO'.
E POI C'È ANCHE MAYA.
È VERO, LA MAMMA! NON POSSIAMO PORTARE VIA LA MAMMA DAL VILLAGGIO VICHINGO?!
A QUESTO PENSEREMO DOPO CHE SARETE RIUSCITI A SCAPPARE VIA DA QUI SANI E SALVI! ASPETTA UNA MIA COMUNICAZIONE!
QUINDI, CERCA DI NON FARE SCOPRIRE AI MOZZI LA TUA PRESENZA SU QUESTA NAVE!
SCAPPATE DALLA STIVA, DA LÌ È DIFFICILE TENERE LE COMUNICAZIONI!
HO CAPITO! ASPETTO UN TUO CONTATTO!
SÌ!
FLAP
FLAP
FLAP
EH EH

ASPETTA, NAGISA!
PAPÀ...
ALUZE MIRA ALLA TUA PIETRA, È PERICOLO-SO CHE TU LA TENGA!
È MEGLIO SE LA DAI A ME...
O-OK..
PROBABIL-MENTE, CON-TINUANDO A TENERLA, KEI POTREBBE TROVARSI DI NUOVO IN PERICOLO.
HO CAPITO. TIENILA TU!
MA COS'HAI INTEN-ZIONE DI FARE, ORA?

LOVE HUSTLER
TREASURE. 10

WAAAH!
THUD
GH!
ANDIAMO, KEI!

[CHE C'È, NON LO SAI?!]
[TU... TU STAI ANCORA CONTRATTANDO IL RISCATTO CON IL CAPITANO...]
FLAP
VAI!
[UNO DEGLI OSTAGGI CHE AVETE PRESO, LUI, È UN GENIO TRA I MAGHI PROFESSIONISTI!]
[SPOSTA UN ESSERE UMANO IN UN MOMENTO, COME NULLA FOSSE...]

QUESTA PIETRA FA PARTE DI UN TESORO VICHIN-GO...
SLAM
[SPHINX, PORTA QUI GLI OSTAGGI!]
[E TU CHE CI FAI QUI?!]
AH
TREASURE.9 END

UN TESORO VICHINGO!
LA MIA PIETRA L'HO DATA AD ALUZE, VISTO CHE LA DESIDERAVA!
ALUZE HA FATTO DELLE INDAGINI PER CONTO SUO, E HA SCOPERTO CHE VOI DUE POSSEDETE LE ALTRE DUE PIETRE.
GIÀ. POCO GLIENE IMPORTA DEI LINGOTTI D'ORO... LUI VUOLE LE VOSTRE PIETRE!
IL SUO INTENTO È COMPLICARE LE TRATTATIVE PER ATTIRARVI SU QUESTA NAVE E RUBARE LE PIETRE.
...
DUNQUE QUESTO È IL SUO OBIETTIVO...

QUESTA PIETRA LA TROVAI MOLTO TEMPO FA, INSIEME A UN TESO-RO.
METTEN-DONE IN-SIEME TRE, È POSSIBILE APRIRE LA PORTA DEL LUOGO IN CUI È RIPO-STO UN TE-SORO VI-CHINGO.
IO HO LA MIA, KO HA LA SUA E ANCHE TU DOVRE-STI AVER-NE UNA! QUINDI LE ABBIAMO GIÀ TUTT'E TRE!
GIÀ... PERÒ NON HO TROVA-TO LA MAPPA CHE PORTA AL LUOGO DOV'È CONSERVATO IL TESORO PRINCI-PALE...
EPPURE, PARE CHE QUESTA MAPPA SIA NEL VIL-LAGGIO DI ALUZE!

E VORRESTI DIRMI CHE AVETE ATTACCATO LA DISCOVERY PER PURO CASO?!
NO...
NAGISA... HAI LA PIETRA PREZIOSA CHE TANTO TEMPO FA DIEDI A TE E KO?
CLING
PARLI DI QUESTA?

ERA UN VILLAGGIO DI PIRATI DISCENDENTI DAI VICHINGHI.
IO RIPRESI SUBITO I SENSI, MA...
...MAYA AVEVA SBATTUTO A TERRA VIOLENTEMENTE, E NON POTEVA MUOVERSI.
ANCHE ORA STA COSÌ?
SÌ. È COSCIENTE, MA È FERMA A LETTO.
CON MAYA IN QUELLE CONDIZIONI, NON POTEVO PORTARLA VIA DAL VILLAGGIO, E QUINDI FINSI DI AVER PERSO LA MEMORIA E DECISI DI AIUTARE I PIRATI.
PER QUESTO SEI SU QUESTA NAVE...

MI DISPIACE, NAGISA! AVREI VOLUTO METTERMI IN CONTATTO CON TE, MA...
MAYA ERA AL VILLAGGIO PIRATA DI ALUZE E NON POTEVO FARE GESTI INCONSULTI.
LA MAMMA È VIVA?!
SÌ. CADENDO DA QUEL DIRUPO CI FERIMMO E NON POTEVAMO MUOVERCI, MA ALUZE CI AIUTÒ A CI PORTÒ AL VILLAGGIO.

SE ERI ANCORA VIVO, PERCHÉ NON TI SEI MESSO IN CONTATTO CON NOI?!
PERCHÉ TI SEI IMBARCATO SU QUESTA NAVE DI PIRATI?!
...
E LA MAMMA...?
NON ESSERE COSÌ IMPAZIENTE! CHI SI STA OCCUPANDO DELLE TRATTATIVE PER LA CONSEGNA DEL RISCATTO?
KO, INSIEME A SAKI.
SE C'È ANCHE SAKI, NON DOVREBBERO ESSERCI PROBLEMI. POSSIAMO RIMANERE ANCORA QUI.
BE', SEDETEVI!

PRIMA DI ENTRARE IN QUESTA STANZA.
VISTO CHE TARDAVI AD ARRIVARE, HO USATO UNA TATTICA PER ADESCARTI!
NON SARÀ SOLO CHE VOLEVI METTERE LE MANI ADDOSSO A KEI?!
È UN BENE CHE SIA RIUSCITO A INCONTRARTI PRIMA DI ALUZE!
DI CERTO NON PENSAVO DI RINCONTRARTI MENTRE IL MIO RAGAZZO STAVA PER ESSERE VIOLENTATO!
VIOLENTARE È UNA PAROLA GROSSA!

KEI... SEI IL FIGLIO DI NIKAIDO?
SÌ!
QUEST'UOMO È SENZ'ALTRO IL PADRE DI TAKANASHI...
TU SEI IL SUO COMPAGNO, E SEI VENUTO A TIRARLO FUORI DAI GUAI.
UN OTTIMO COMPAGNO, PER IL FIGLIO DI NIKAIDO, COME PENSAVO!
TI ERI ACCORTO CHE STAVO PER ARRIVARE?

GRAB
PERDONAMI TAKANASHI! TI SONO DI NUONO D'IN-TRALCIO!
STAVO IMPAZZENDO AL PENSIERO CHE TI FOSSI DI NUOVO CACCIATO NEI GUAI!

ALLONTANATI DA KEI, VECCHIO MANIACO!
VECCHIO MANIACO!
ANF ANF ANF
TA...
TAKANASHI!
DAN
TAKANASHI!

AH!
MI HA MORSO DIETRO IL COLLO...
AH...
MH!
È UGUALE AL MIO TAKA-NASHI!
TAKA-NASHI...

POTRESTI ACCONTENTARE ME, PRIMA DI ALUZE!
C-CO-SA?!
NO... FORSE ANCHE AL PADRE DI TAKANASHI PIACCIONO GLI UOMINI?!
MA...
UH...
NON È SPIACEVOLE COME POCO FA...

NON VOLEVI AIUTAR- MI...?
EH?
STUMP
ANCHE A ME PIACCIONO MOLTO I TIPI AGGRESSIVI COME TE!

FLIP
EH?
TI AVEVA LEGATO TROPPO STRETTO! NON TI FA MALE?
PARLA GIAPPONESE!
QUEST'UOMO COME HA DETTO FOX, È DI CERTO...
TU...
...SEI TAKANASHI, VERO?
...
NON CONOSCO NESSUN TAKANASHI, IO SONO SPHINX!
NON È VERO! ALLORA PERCHÉ MI HAI AIUTATO?!

SLAM
GRAB
GASP
SNIP

[NON HO ALTRA SCELTA! TI FARÒ LE COCCOLE DOPO, CON CALMA!]
SPHINX?
IL VISO SEMBRA QUELLO DI UN GIAPPONESE...
[SPHINX, PORTA SOLO LUI NELLA MIA STANZA!]
[OK.]

UUH!
NO!
NON VOGLIO NESSUNO ALL'INFUORI DI TAKA-NASHI...
TAKA-NASHI!
[BASTA COSÌ, ALUZE!]
[MI DISPIACE AVERTI INTERROTTO SUL PIÙ BELLO, MA È ORA DI NEGOZIARE!]
AH
[SPHINX!]

[MA GUARDA CHE GATTINO AGGRESSIVO!]
STUMP
[ORA MI È VENUTA DAVVERO VOGLIA DI SBATTERTI GIÙ!]
FRUSH
GRAB

GRAB
MMM!
UH!
CRUNCH
!
PLIC
MA-
LE-
DET-
TO!

[TSK! PARE CHE TU SIA MOLTO SENSIBILE!]
GRAB
FRUSH
[PERCHÉ NON MI FAI ASSAGGIARE IL DOLCE?]
KEI!

ANCHE KEI DISSE LA STESSA COSA.
NON POSSO TORNARE INDIETRO AD ASPETTARTI IN SILEN-ZIO!
KEI, STO VENENDO A SALVARTI!
FLIP
UH...

BLOB
BLOB
È INCREDIBILE! AVER RIPARATO IL SOMMERGIBILE DI ORCA CI È TORNATO UTILE!
UN LAVORO COSÌ PERFETTO È PROPRIO DA TE!
CHE CI FOSSI ANCHE TU PERÒ NON ERA PREVISTO, SANADA!
S-SCUSA!
SANADA
...
HO PENSATO CHE FOSSE MEGLIO VENIRE A DARE UNA MANO, PIUTTOSTO CHE RIMANERE AD ASPETTARE CON IL CUORE IN GOLA.
NON M'IMPORTA DI ESPORRE ME STESSO AL PERICOLO...
SANADA...

LOVE HUSTLER
TREASURE. 9

FLAP
BENE! ANDIAMO, JASON!
RIPORTIAMO A CASA KEI!
TREASURE.8 END

NELLE TRATTATIVE, CERCA DI GUADAGNARE PIÙ TEMPO POSSIBILE!
ANCHE SE È MEGLIO NON FARTI PARLARE TROPPO. L'ASPETTO È UGUALE, MA PER IL RESTO SIAMO COMPLETAMENTE DIVERSI!
SE DOVESSI PARLARE A LUNGO, SCOPRIREBBERO L'INGANNO!
KO...
VUOI ANCORA QUALCOSA?
...
NO, NIENTE.
MEGLIO NON DIRE ANCORA NIENTE DI SPHINX A KO.

BENE! ABBAS-SATELA!
NAGISA, IN UN SOLO GIORNO SEI RIUSCITO A RACCOGLIE-RE TUTTO QUESTO PER IL RI-SCATTO!
È UNA MIA DOTE NATURA-LE!
PERÒ, NON POSSO LASCIARE CHE TUTTO QUE-STO VADA IN MANO A QUEI BALORDI!

[UNA PELLE MERAVIGLIOSA!]
[DEV'ESSERE PIACEVOLE ABBRACCIARTI!]
[MI VIENE VOGLIA DI STROPICCIARLO, QUEL TUO BEL CORPICINO...]
NON...

SHAAA
COSA...
SHAAAA
WAAAH!
KEI!
MA-
LED...

[SU QUESTA NAVE NON C'È NESSUN GIAPPONESE.]
[VOI SIETE GIAPPONESI!?]
[SÌ, MA...]
GWI
[TUTTI I GIAPPONESI HANNO UNA PELLE COSÌ MORBIDA E LISCIA?]

[PREGATE CHE NON VI ABBANDONINO!]
[A-ASPETTA!]
[C'È UN GIAPPONESE SU QUESTA NAVE, VERO?]
[IL SUO NOME È PER CASO TAKANASHI?]
...

[CHE VUOI FARE DI NOI?!]
[COSA VOGLIO FARE? SEMBRA CHE NON ABBIATE ANCORA COMPRESO LA VOSTRA POSIZIONE.]
FRUSH
[VOI SIETE I NOSTRI OSTAGGI. SE VIVRETE O MORIRETE, DIPENDE DAI VOSTRI COMPAGNI.]

CLACK
AH
[VI SIETE SVEGLIATI?]
[TU CHI SEI?!]
[IO SONO ALUZE, IL CAPITANO DELLA NAVE PIRATA GARGANTUA.]

GIÀ... HA CURATO LE MIE FERITE, È SENZ'ALTRO IL CAPITANO!
PERÒ NON MI HA DETTO NIENTE...
SEMBRAVA CHE NON MI AVESSE NEPPURE RICONOSCIUTO.
FOX...
DI CERTO AVRÀ LE SUE RAGIONI!
...

IL CAPITANO ERA VIVO!
EH?
IL CAPITANO... VUOI DIRE...
...TAKANASHI PADRE?!

SNIFF
FOX?! CHE SUCCEDE? TI HANNO FATTO QUALCO-SA?!
KEI...
SIGH

SIGH
MH...
AH
SIGH
SIGH
FOX...?
DASH

UHM... MPF!
SARÀ BEN LIETO DI COLLABORARE!
STARAI SCHERZANDO...
IO PROVERÒ A SCOPRIRE QUALCOSA DI PIÙ SU QUESTO PIRATA, IL CAPITANO ALUZE!
IO VADO A RACIMOLARE IL RISCATTO!
GRAZIE!

CERTO, IO NON HO UN CARATTERE COSÌ BRUTTO, NON SONO UN CRIMINALE E NON SONO SEMPRE APPICCICATO AL SEDERE DEL MIO FIDANZATO, COMUNQUE...
L'ASPETTO È UGUALE.
GLOOM
GLOOM
GLOOM
CONTINUI A FERIRMI COSÌ SIN DA QUANDO ERAVAMO PICCOLI...
A PARTE CHI CI CONOSCE BENE, LA GENTE NON SA DISTINGUERE TRA ME E KO.
QUINDI...
...KO PRENDERÀ IL MIO POSTO E TRATTERÀ CON LORO.
NEL FRATTEMPO, IO ENTRERÒ NELLA LORO NAVE E SALVERÒ KEI E FOX.
TI VA DI COLLABORARE?

LO CONOSCI BENE!
HANNO LO STESSO ORDINE DI CATTURA INTERNAZIONALE!
CAPISCO!
GRR
COSA POSSIAMO FARE? IMMAGINO CHE TU VOGLIA PORTARLI IN SALVO...
SONO QUI PROPRIO PER QUESTO.
LI RIPRENDERÒ STANOTTE, IN MARE.
PENSO CHE CONOSCANO LA MIA FACCIA E...
...VORREI SFRUTTARE QUESTA COSA.

SI TRATTA DI UNA NAVE DA GUERRA, MA SONO PIRATI.
SI CHIAMA GARGANTUA!
GARGANTUA?!
LA CONOSCI, KO?
SÌ!
IL CAPITANO ALUZE DICE DI DISCENDERE DAI PIRATI VICHINGHI!

MI VOLETE ASCOL-TARE?
PIKU
PIKU
GWEH!
EH...?
QUESTE ACQUE SONO APPE-STATE DAI PIRATI.
KEI E FOX SONO STATI RAPITI?!

FLAP
GWEH!
GWEH! GWEH!
FLAP FLAP
AH... DAMIAN!
AVRÀ FAME!
LASCIALO PERDERE!
AH!
PUÒ ANDARE DA SOLO A MANGIARE AL MERCATO...
MI DISPIACE DISTURBARVI, MA...

MH...
AH!
KO...
È ANCORA MATTINA PRESTO...
AH!
VUOI CHE SMETTA? ANCHE SE HAI QUESTA VOCE COSÌ DOLCE?
N-NO! NON SMETTERE!

TI PREGO, NAGISA!
SÌ!

QUINDI, LA COSA MIGLIORE È ESCOGITARE CON CALMA UN PIANO PER SALVARE KEI E FOX.
BE', UN PIANO CI SAREBBE, MA...
...PER METTERLO IN PRATICA, ABBIAMO BISOGNO DELLA COLLABORAZIONE DI CERTA GENTAGLIA...
CHE PIANO?!
CERTA GENTAGLIA... VUOI DIRE...?!
ORCA...
SHA
NON POSSIAMO FARE TANTE STORIE! SU, ANDIAMO A INCONTRARE SAKI!
SE GLIELO CHIEDE LUI, ORCA SI CONVINCERÀ AD AIUTARCI!

MA-
LED...
ANCHE SE ASSECONDASSIMO LE LORO RICHIESTE E PREPARASSIMO I LINGOTTI D'ORO, NON POSSIAMO ESSERE CERTI CHE CI RESTITUIREBBERO GLI OSTAGGI...
ALLORA COSA VUOI FARE?! VUOI LASCIARLI MORIRE?!
TI HO DETTO DI CALMARTI! DI SOLITO SEI SEMPRE TRANQUILLO, MA QUANDO SI TRATTA DI FOX TI DIMENTICHI PERSINO CHI SEI!
E... E TU... NON SEI PREOCCUPATO PER QUEL MAGO?
CERTO CHE SÌ!

SLAM
NAGI-SA!
SA-NA-DA...
DASH
COSA DIAVOLO STAI FACENDO? NON HAI INTENZIONE DI SALVARE FOX E QUELL'AL-TRO?!
CALMATI, SANADA! SE FACESSIMO MOSSE AVVENTA-TE, AGLI OSTAGGI POTREBBE SUCCE-DERE QUALCOSA! E POI COSA FAREMMO?!
È PEG-GIO DI JASON...

VORREI ANDARE A RIPRENDERLO ANCHE SUBITO, MA NON MI È BEN CHIARO CHI SIANO I RAPITORI.
SE FACESSI DELLE MOSSE AVVENTATE, TEMO CHE KEI POTREBBE TROVARSI IN PERICOLO.
INOLTRE QUELL'UOMO, SPHINX...
È PIUTTOSTO FURBO.
QUELLA VOCE...
...MI RICORDA QUALCOSA...
MENTRE PARLAVO CON LUI HO AVUTO L'IMPRESSIONE DI CONOSCERLO...
NESSUN ALTRO MI HA FATTO QUELL'IMPRESSIONE FINORA...

CLACK
KEI?!
FLA
AP
WAH! JASON?!
CALMATI, SONO IO!
KEIIII!!
MI DISPIACE, JASON, MA È STATO RAPITO.
KEI...

CRAAA
KEI?
KEI...
VUOTO
KEIIII
FLAP
FLAP
KEIIII
FLAP
FLA

LOVE HUSTLER
TREASURE. 8

TU...
T...
TREASURE.7
END

NON POSSO ABBANDONARLI! ASPETTAMI, KEI! TI SALVERÒ ANCHE A COSTO DELLA MIA STESSA VITA!
TAKA-NASHI...
GRAB
MH...
GASP

ALLORA L'OSTAGGIO È KEI!
HA DETTO CHE C'È ANCHE FOX!
KEI!
TAKANASHI?! IO STO BENE, MA FOX È FERITO...
[BASTA COSÌ.]
[ALLORA, CAPITANO, COSA VUOI FARE? ABBANDO-NI I TUOI COMPAGNI, OPPURE...]

[ECCOTI!]
[FA' SENTIRE LA VOCE AL CAPITANO DELLA TUA NAVE!]
POSSO PARLARE CON TAKA-NASHI?!
TAKANASHI! SONO IO, KEI! CON ME C'È ANCHE FOX!

FOX?!
AH
DASH
[EHI!]
GRAB
SEI PIENO DI FERITE!
[IL CAPITANO VI VUOLE! VENITE DA QUESTA PARTE!]

[SE VOLETE INDIETRO GLI OSTAGGI, PREPARATE I LINGOTTI D'ORO!]
[ASPETTA!]
[SE QUELLO CHE DICI È VERO, FAMMI SENTIRE LA VOCE DEGLI OSTAGGI!]
...
[E VA BENE! PORTATELI QUI!]
...
[EHI!]
MH...

[BRAVO! SEI ARRIVATO SIN QUI SENZA SBA-GLIARE NEMMENO UNA VOLTA!]
WAKA, CE L'HAI FATTA! HAI RISPOSTO CORRETTAMENTE A TUTTE LE DIECI DOMANDE!
L'UO-MO CHE CI HA PARLA-TO PER PRIMO!
[MENTRE VOI ERAVATE DISTRATTI DAGLI INDOVINELLI, NOI ABBIAMO PORTATO QUI DUE MEMBRI DEL VOSTRO EQUIPAGGIO!]
[GRAZIE A QUESTO, ABBIAMO GUADAGNATO PA-RECCHIO TEMPO!]
MA...
COSA?!

IN UN MINUTO UNA VOLTA, IN UN MOMENTO DUE VOLTE, MA IN UN'ORA NON SI FA VEDERE NEMMENO UNA VOLTA. COS'È?
...
WAKA!
LA LETTERA M DELL'ALFABETO!
UN MINUTO, UN MOMENTO, UN'ORA.
NELLA PAROLA ORA NON C'È NEMMENO UNA VOLTA LA LETTERA M.
RISPOSTA ESATTA...

BAM
LASCIA-
TEMI!
GRAB
KEIIII!
DO-
MANDA
NUMERO
DIECI!

UGH...
RATTLE
KEI!
GRA
AB

KEI?! CHE SUCCE-DE?
FOX!
SONO SALITI A BORDO DA QUELLA NAVE PIRATA!
IO STO BENE, MA VA' SUBITO AD AVVISARE TAKANASHI...
THUD

[FA' IL BRAVO!]
[CHE NE FACCIAMO?]
[SE LO PORTIAMO CON NOI COME OSTAGGIO, FORSE POTREBBE TOR-NARCI UTILE!]
GRAB
COSA FATE?! LASCIATEMI!
BAM

ROLL
ROLL
UNA PERSONA?!
GRAB
HOP
CO...
QUESTO È UN PIRATA?!

SHUUUN
COS'ERA QUEL BAGLIORE?
CLANG
C-COS'È?
SWIRL
SWIRL

COS'È QUELLA?!
AVEVANO PARLATO DI UNA NAVE PIRATA, MA QUELLA È UNA NAVE DA GUER-RA!
DEVO ANDARE DAGLI ALTRI!
FLASH

ALLORA, DOMANDA NUMERO DUE!
SCREK
NON C'È NESSUNO! DEVONO ESSERE TUTTI IN SALA COMANDI...
AH

IL NOVE È BIANCO CON UNA STRISCIA GIALLA.
RI-SPOSTA ESATTA!
A QUANTO PARE SAI USARE IL CERVELLO!
WOW! GRANDE, WAKA!
WAKA, SEI STATO BRAVISSIMO! MA CHE ROBA È?
SONO I COLORI DELLE PALLE DA BILIARDO!

QUESTA VOCE...
AH
...IL SEI È VERDE, IL SETTE È MARRONE E L'OTTO È NERO.
DI CHE COLORE È IL NOVE?
NON È POSSI-BILE!
ALLORA? DUNQUE, IL TRE ERA AZ-ZURRO...
NO! IL TRE ERA ROSSO, IL DUE È AZZURRO!
QUALE DIAMINE È LA RISPO-STA?
WAKA! NOI NON SAPPIAMO RISPONDERE A QUESTO INDOVINEL-LO...

[TSK... MA GUARDA UN PO' CHE CAPITANO CORAGGIOSO! DUNQUE, SENTIAMO LE DOMANDE DI SPHINX, LA MENTE DELLA NOSTRA NAVE!]
DOMANDA NUMERO UNO!
PARLA GIAPPONESE?!
IL NUMERO UNO È GIALLO, IL DUE È AZZURRO, IL TRE ROSSO, IL QUATTRO È VIOLA E IL CINQUE È ARANCIONE...

C-COSA FACCIAMO, WAKA?
LA STORIA DEI SILURI È PROBABILMENTE UNA BUGIA. SE DAVVERO INTENDONO PRENDERSI LA DISCOVERY, NON GLI CONVIENE DISTRUGGERLA.
PROVIAMO A VEDERE COM'È QUESTO GIOCO...
QUI PARLA IL CAPITANO TAKANASHI! ACCETTIAMO IL VOSTRO GIOCO!

[VI VA DI FARE UN BEL GIOCO CON NOI?]
UN GIOCO?!
E VOI CHI SARESTE?!
[LA NOSTRA È UNA NAVE PIRATA, LA GARGANTUA!]
[QUESTA NAVE È DOTATA DI SILURI.]
[DA QUESTO MOMENTO, DOVRETE RISPONDERE AGLI INDOVINELLI CHE VI FAREMO. OGNI VOLTA CHE RISPONDERETE SCORRETTAMENTE, VI LANCEREMO UN SILURO!]
COSA?!
[PER SALVARVI AVETE DUE POSSIBILITÀ: O RISPONDETE CORRETTAMENTE AI NOSTRI INDOVINELLI, OPPURE VI ARRENDETE E CI CONSEGNATE LA DISCOVERY!]

* IL TESTO TRA [ ] È IN UNA LINGUA DIVERSA DAL GIAPPONESE. **MDG**

COSA? QUELLA NON È UNA NAVE DA GUERRA?!
PARE PROPRIO DI SÌ! PERÒ NON RISPONDE AI NOSTRI CONTATTI, QUINDI NON CREDO SIA DAVVERO UNA NAVE DA GUERRA...
E SE FOSSE UNA NAVE FANTASMA?

HA DETTO CHE CONTI-NUIAMO DOPO...
QUANDO FA DI QUESTE PROMESSE, NON NE VIENE FUORI NIENTE DI BUONO...
CHE SARÀ? UN'ENORME NAVE NON IDENTIFICATA..
ANCHE SE MI HA DETTO DI FARE IL BRAVO E ASPETTAR-LO QUI...
FRUSH
...È OVVIO CHE MI PREOCCUPI!
WHIRL

LOVE HUSTLER
TREASURE. 7

SI STA AVVICINANDO UN'ENORME NAVE NON IDENTIFICATA!
VADO UN ATTIMO A VEDERE.
WAKA, VIENI SUBITO IN SALA COMANDI!
AH... TAKANASHI!
FA' IL BRAVO E ASPETTAMI! CONTINUIAMO DOPO! ♡

SI STA AVVICINANDO UN'ENORME NAVE NON IDENTIFICATA!
WAKA, VIENI SUBITO IN SALA COMANDI!
TREASURE.6 END

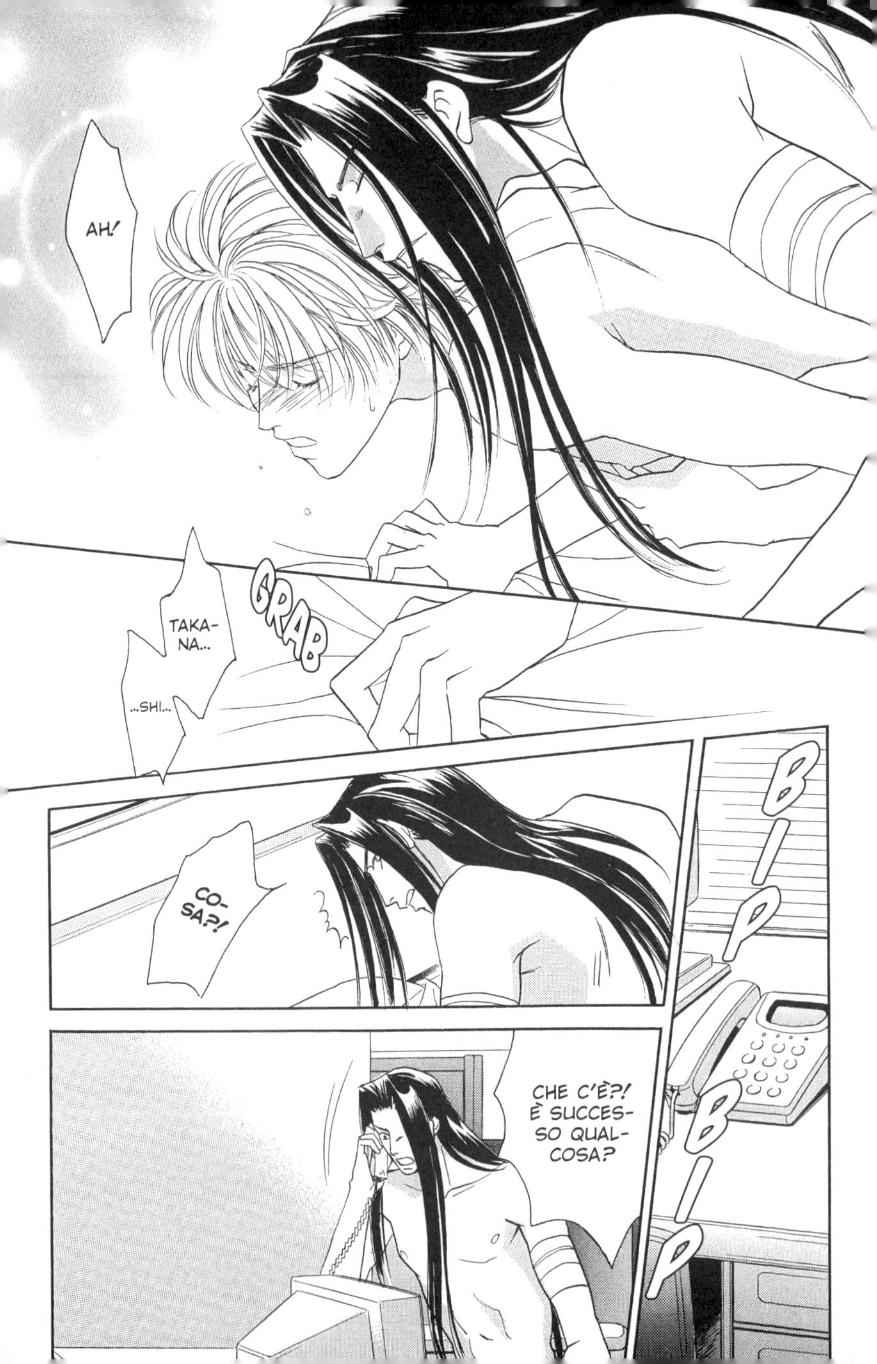
AH!
GRAB
TAKA-NA...
...SHI...
BIP
COSA?!
BIP
CHE C'È?! È SUCCESSO QUALCOSA?

MH!
NON LASCIARMI PIÙ DA SO-LO SENZA DIRMI NIEN-TE!
SÌ, TI TIRERÒ GIÙ DAL LETTO E TI PORTERÒ CON ME!

AH AH! SEI TUTTO ABBRON-ZATO!
HAI ANCHE I CAPELLI TUTTI AR-RUFFATI!
LO SAI CHE SEI MOLTO PIÙ AT-TRAENTE DI PRI-MA!
ADESSO HAI PRO-PRIO UN BEL VISO!
TAKA-NASHI...
SOLO TU SAI PREN-DERMI COSÌ...

AH, CHE STAN-CHEZ-ZA!
PAF
ADESSO, HAI CA-PITO IN COSA CONSI-STE IL NOSTRO LAVO-RO?
MI SEMBRA CHE TI TROVI BE-NE CON TUTTI!
MI TROVO BENE CON TUTTI...?
TAKA-NASHI... IO...
GUAR-DA!

A PROPOSITO, WAKA, LO SAI? PARE CHE ULTI-MAMENTE IN QUESTE ACQUE GIRINO DEI PIRATI!
DEI PIRATI? DI QUESTI TEMPI?
GIÀ. PARE CHE PUNTINO ALLE NAVI STRANIE-RE!
DOMANI ANCHE LA DI-SCOVERY SI SPO-STERÀ QUI, NO?
FA-REMMO MEGLIO A FARE ATTEN-ZIONE!
PIRATI...?
DISCOVERY

PERÒ, NOI STIAMO LAVORANDO!
EHI, QUALCUNO GLI PRESTI QUALCHE ABITO DA LAVORO!
EH?!
ALLORA LAVORERÒ ANCH'IO!
L'HAI DETTO!
SUBITO!
SHAAAA
AH! KEI, MENO MALE CHE SEI VENUTO A DARCI UNA MANO!
QUI LE BRACCIA NON BASTANO MAI!
JASON! NON SCHIZZARMI!
SENTO CHE MI HANNO PRESO A BORDO TROPPO FACILMENTE!
CRAAA

KEI!
EHI, KEI!
SAPEVO CHE SARESTI VENUTO!
NON DOVEVO FORSE VENIRE?!
MI HAI LASCIATO LÌ CON UN... SOSTITUTO!
MA ALMENO MI SONO PREOCCUPATO PER TE, NO?
SAI CHE GENTILEZZA! MI HAI LASCIATO LÌ!
TI AVEVO PROMESSO CHE TI AVREI SEGUITO OVUNQUE, RICORDI?
QUINDI...

QUEI DUE GEMELLI SONO UGUALI NELLE COSE PIÙ STRANE...
ANCHE KO MORDE! DI SOLITO POCO PRIMA DI VENIRE!
LO CAPISCO DALLA FREQUENZA DEI MORSI, SAI, KEI?!
SAKI...
SAKI... IL SUO VERO NOME È TOMONORI KAMIYA.
ERA UN MAGO. ERA L'ALLIEVO PREDILETTO DI MIO PADRE, MA ORA È IL RAGAZZO DI KO, IL FRATELLO DI TAKANASHI.
IO... SONO UN PO' INVIDIOSO DELLA FORZA DI SAKI.
QUESTA SUA FORZA...
PER L'UOMO CHE AMA, ANDREBBE FINO IN CAPO AL MONDO!

DIETRO IL COLLO HAI UN SEGNO ROSSO...
È UN MORSO DI NAGI-SA?
COSA?!
UN... UN MOR-SO...?
BLUUSH
A PEN-SARCI, IERI SERA...
...MI SEMBRAVA DI ESSERE IN UN SOGNO E NON ME NE SONO ACCORTO, MA SICURAMENTE...

È... BELLISSIMO...
CHE C'È? LO STAI AMMI-RANDO?
EH?!
NO... NO, FIGU-RATI!
AH, ECCO!

KEI, STIAMO PER ARRIVARE!
AH! QUELLA NAVE DA LAVORO!
AH!
È LA PRIMA VOLTA CHE LO VEDO COSÌ CONCENTRATO...

CHE CALDO!
CERTAMENTE IN GRECIA, IN PIENA ESTATE, IL SOLE BATTE FORTE!
WOOOOH
GIÀ... QUESTA È L'ISOLA DI SANTORINI, IN GRECIA.
IO SONO KEI KIKAIDO. UN TEMPO FACEVO IL MAGO GIRAMONDO.
A CAUSA DI UNO STRANO GIOCO DEL DESTINO, SONO FINITO IN QUESTO POSTO INSIEME A NAGISA TAKANASHI, UN CACCIATORE DI TESORI (ANCHE SE UFFICIALMENTE SI OCCUPA DI SALVATAGGI MARINI).

* IN GIAPPONESE, QUANDO UNA PERSONA STARNUTISCE ALL'IMPROVVISO, SI PENSA CHE SIA PERCHÉ QUALCUN ALTRO STA PARLANDO DI LEI. **MDG**

IN OGNI CASO, SE VUOI RAGGIUNGERE NAGISA, CHIEDI A SAKI.
CONOSCI IL LORO INDIRIZZO DI CASA, NO?
MA CERTO! CHIEDERÒ IN PRESTITO A SAKI IL SUO YACHT!
THANK YOU!
AH!
STA' ATTENTO! SEMBRA CHE ULTIMAMENTE QUESTE ACQUE SIANO PERICOLOSE!
SHAAAA
ETCIIIÍ

VADO DA LUI!
E COME CREDI DI RAGGIUN-GERE TAKA-NASHI?! EHI!
POTREI PRENDE-RE UNA BARCA...
LA FAI FACILE! GUARDA CHE NOI STIAMO LAVORANDO! NON ABBIAMO TEMPO PER STARTI DIETRO!
!

TUTUM
AH! ALLORA TRA VOI C'È QUAL-COSA!
IN CHE SENSO?
MPF
DUNQUE IL TUO AMORE NON È ANCORA CORRISPO-STO!
FATTI I FATTI TUOI!
PAT
MA GUARDA UN PO'! CHI CREDE CHE SIA IL SUO COMPAGNO?!
EH? A PRO-POSITO, DOV'È JASON?
SE PARLI DI QUELL'UCCEL-LO, È ANDATO INSIEME A WAKA... DICE CHE GLI È UTILE.
CIOÈ, FORSE PENSA CHE INVECE IO SIA INUTILE?

ECCO...
WAKA ERA PREOCCUPATO PER QUELL'OMBRA DI RELITTO CHE ABBIAMO AVVISTATO IERI SUL FONDO DEL MARE, COSÌ È USCITO, PERÒ MI HA CHIESTO SE POTEVO DARGLI IL CAMBIO QUI.
CHE VUOL DIRE **DARGLI IL CAMBIO**?!
SE TI FOSSI SVEGLIATO TUTTO SOLO, TI SARESTI SENTITO TRISTE...
SÌ, MA NON È CHE MI VA BENE CHIUNQUE!
EHI! PERCHÉ STAI SGRIDANDO FOX?!
EH?
GRAB

EHI, MAGO! ALZATI E VIENI A FARE COLAZIONE...
!
TU, COSA STAI FACENDO A FOX?!
COSA?!
SONO IO CHE VORREI SAPERE COSA STA SUCCEDENDO! QUANDO MI SONO SVEGLIATO, FOX ERA ADDORMENTATO ACCANTO A ME!
...

FOX?!
PERCHÉ STAI DORMENDO QUI?! DOV'È TAKANASHI?!
BLUSH
BUONGIORNO! SE CERCHI WAKA, SI È GIÀ MESSO AL LAVORO...
LAVORO?

SHA
QUANDO HO APERTO GLI OCCHI, HO SENTITO ACCANTO IL SUO CALORE, E SONO STATO INVASO DA UNA SENSAZIONE DI SICUREZZA.
QUESTE BRACCIA MI HANNO SALVATO TANTE VOLTE.
QUESTA BRACCIA MUSCOLOSE...
NON SONO... MUSCOLOSE!
GRAB

LOVE HUSTLER
TREASURE. 6

IL MIO È UN TORPORE PIACEVOLE...
VESTIGIA DELLA PASSIONE...
...CHE IERI NOTTE ABBIAMO ASSAPORATO INSIEME.

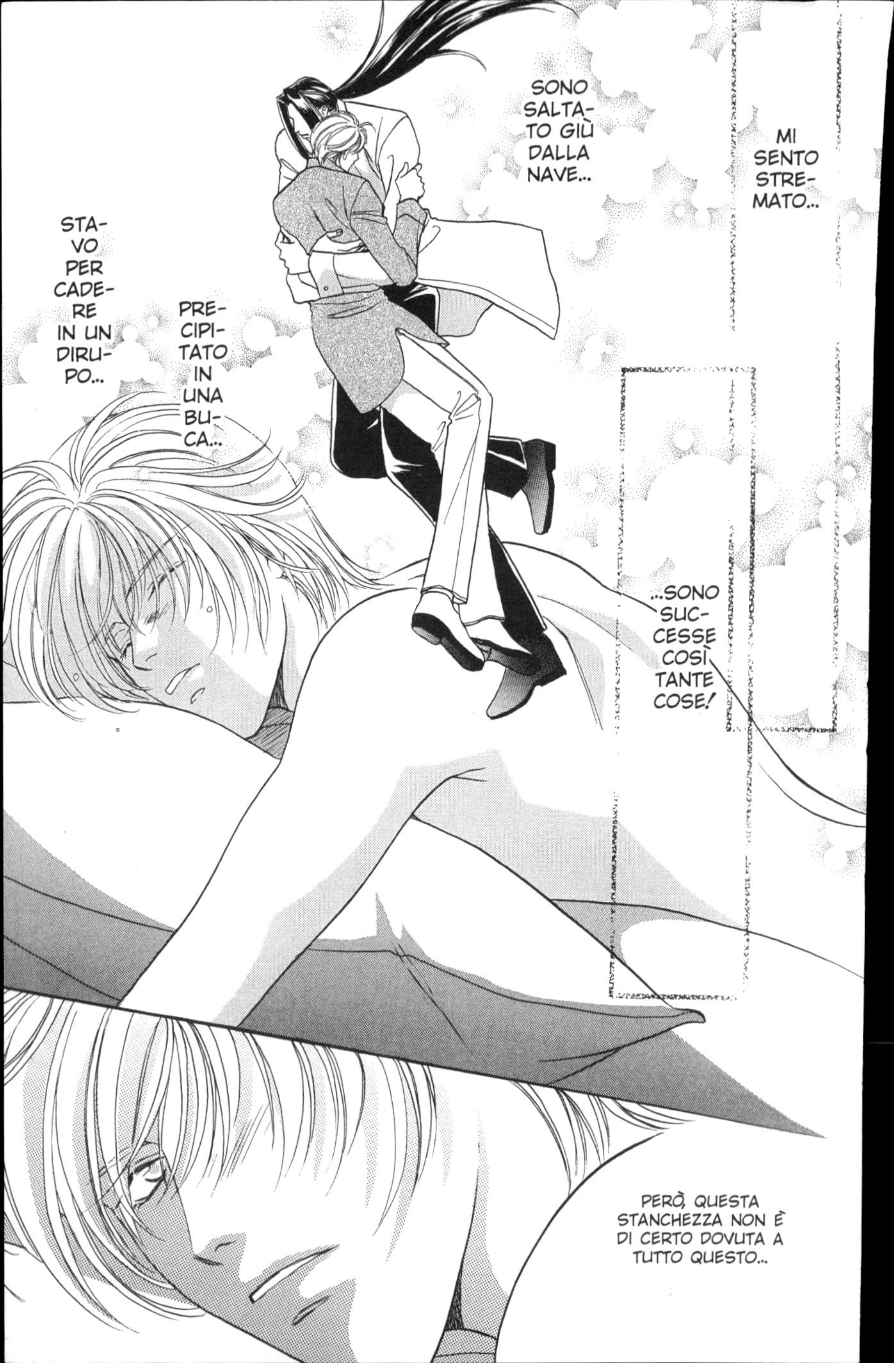
MI SENTO STREMATO...
SONO SALTATO GIÙ DALLA NAVE...
PRECIPITATO IN UNA BUCA...
STAVO PER CADERE IN UN DIRUPO...
...SONO SUCCESSE COSÌ TANTE COSE!
PERÒ, QUESTA STANCHEZZA NON È DI CERTO DOVUTA A TUTTO QUESTO...

riassunto

Kei Nikaido è il figlio di un geniale prestigiatore, che cerca di seguire le orme del padre. È bello e forte di spirito, ma ha un pessimo carattere! Quando il ragazzo sale su una nave da crociera per esibirsi in uno spettacolo di magia, inizia per lui un'avventura davvero fuori dal comune, una storia di passioni e colpi di scena che attraversa addirittura l'Oceano. Tutto ha inizio quando una sera Kei incontra Nagisa Takanashi, croupier del casinò di bordo, che inizia a fargli una corte sfrenata. Il loro rapporto si salda grazie a una partita di strip poker che si conclude con una fuga improvvisa, preludio a una vera e propria caccia al tesoro... Nagisa è in realtà un cacciatore di tesori dal passato misterioso, e i due si ritrovano subito coinvolti nel recupero di un metallo leggendario chiamato olihalcon. Si conclude con questo secondo volume la saga di *Love Hustler* di Reiichi Hiiro, che ci trascina questa volta fino sull'isola di Santorini, in Grecia, per nuove, emozionanti avventure. Dopo la comparsa del fratello gemello di Nagisa, quali altri scheletri usciranno dall'armadio del nostro affascinante avventuriero?

Pubblicazione mensile – Anno VI Numero 30 – ottobre 2006
Direzione editoriale: Andrea Baricordi, Massimiliano De Giovanni, Giovanni Mattioli, Andrea Pietroni, Barbara Rossi **Direzione artistica:** Massimiliano De Giovanni **Licensing:** Serena Varani **Marketing:** Vincenzo Sarno **Redazione:** Rossella Carbotti, Nino Giordano, Nadia Maremmi, Edith Gallon **Art director:** Marco Tamagnini **Traduzione:** Susanna Scrivo **Adattamento testi:** Edith Gallon **Adattamento onomatopee:** Alessio Pedrotti **Lettering:** Mimmo Giannone **Editore:** Kappa Edizioni, via S. Felice 13, 40122 Bologna, www.kappaedizioni.it, info@kappaedizioni.it **Fotocomposizione:** Fasertek, Bologna **Stampa:** Gruppo Editoriale Genesi – Città di Castello (PG)

30

sommario

2 riassunto
3 treasure 6
27 treasure 7
55 treasure 8
83 treasure 9
107 treasure 10
143 twins
167 postfazione
175 box

I personaggi presenti in questo albo sono tutti maggiorenni, e comunque non si tratta di persone realmente esistenti, bensì di semplici rappresentazioni grafiche.

LOVE HUSTLER Volume 2

Distributori nazionali: Hunter, via Battiferro 12, 40129 Bologna tel. (051) 353023 – Messaggerie Libri S.p.a., via Verdi 8, 20090 Assago (MI) tel. (02) 45774 – Pan Distribuzione, via Cesare della Chiesa 219, 41100 Modena tel. (059) 382111 – Star Shop Distribuzione, via dell'Acciaio 9, 06077 Ponte Felcino (PG) tel. (075) 6919865 – Pegasus Distribuzione, I Traversa Siepe Nuova 16 80027 Frattamaggiore (NA) tel. (081) 8328836. **Per la pubblicità su questo albo:** (051) 273023